(목차)

쌀도깨비 (강민서) · 5

필름 속 추억 (정아은) · 27

기억 속으로 갈 때 (이태훈) · 57

(프롤로그)

안녕하세요. 'Made in 군산' 팀의 멘토 이미영입니다. 더운 여름날에도 만남을 위해
발걸음 했던 기억이 생생합니다. 첫 만남의 어색함도 잠시, 짧은 기간에 작품집을
완성해야 한다는 부담감이 우리 모두에게 있었습니다. 학업의 의무를 다하는 중에도
틈틈이 썼을 아이들마다의 스토리가 너무 재미있어 다음 만남 때는 어디까지 썼을까
기대되기도 했습니다. 생각과 메시지를 이미지 위주로 표현해 온 저에게는 아이들의
글쓰기 실력과 스토리 창작이 놀랍고 신기하게 다가왔습니다.
활동이 이어질수록 제가 아이들에게 어떤 도움을 주어야만 하는 것이 아니라는
것 또한 알게 되었습니다. 그만큼 아이들은 자기 주도적으로 활동을 이끌어가고
있었습니다. 그리기에서는 먼저 각자의 스토리에 맞는 이미지 자료를 참고하여
작업에 들어갔습니다. 각각 사용할 재료가 달라 더 개성이 두드러지고 좋은 작품을
완성할 수 있었습니다. 다 같이 모여 그리기 활동이 있는 날은 여섯 시간 넘게도
작업했습니다. 미대 입시생에게도 너무 힘든 시간입니다. 그럼에도 성실하고 집중력
있게 최선을 다해주었습니다.
어느새 바깥은 차분한 가을색이 내려앉았습니다. 그리고 익어간 수많은 열매들 중
세 아이의 온 마음이 들어간 작품집이 가장 빛나 보입니다. 지금까지의 경험이 앞으로
아이들의 삶 속에서 좋은 영양분으로, 튼튼한 씨앗으로 자리하길 바랍니다.
저 또한 잊을 수 없는 경험으로, 따뜻했던 기억으로 남을 것입니다. 순수하고 열정적인
모습으로 기쁨을 준 아이들에게 감사하며 보이지 않는 곳에서 기꺼이 지원해 주시고
애써주신 달그락 선생님들께 감사의 인사를 전합니다.

쌀도깨비

강민서

1934년 논이 물들었던 9월, 그때의 나는 내 어머니와 누이를 위해 매일 우체부 일을 나갔습니다. 그 당시 내가 살았던 군산은 해안가에다 농사가 잘 되었기 때문에 일본놈들이 매일같이 찾아와 쌀을 빼앗아 갔습니다. 나는 우체부 일을 하며 그런 일을 참 많이 봤습니다.

그러던 어느 날 누이가 갑자기 열이 올라 끙끙 앓기
시작했습니다. 시간이 너무나도 늦은 밤에, 어머니는 누이를
돌보느라 애를 쓰셨습니다. 걱정되고 불안한 마음에 나는
무엇이든 방법을 찾으리라 생각했던 것 같습니다.

나는 집 밖으로 나가 무작정 뛰었습니다. 급한 마음에 옆집 문이라도 두드려 볼까 했지만 쉴 새 없이 달리던 발은 더 이상 나의 의지가 아니었습니다. 나는 마치 귀신이라도 들린 양 달렸습니다.

미친 듯이 뛰다 보니 보인 것은 일본 군인들이 쌀을 가져다 놓는 항이었습니다. 어째서인지 그날은 근처를 지나는 사람도 없고 밤이 다 되었는데도 쌀을 옮기지 않아 징그러울 만큼의 쌀이 항에 쌓여있었습니다.

정리되지 않은 쌀가마니 중 하나를 골라 주변의 최대한 날카로운 돌을 주워 쌀가마니에 묶인 끈을 잘라냈습니다. 쌀이라도 가져가 죽을 끓이면 누이의 열이 조금이라도 내리지 않을까 하는 생각에 자꾸만 손은 성급해졌습니다.

쌀가마니에 묶인 끈을 다 풀어 쌀가마니를 연 그때 그 안에서 그 아이를 처음 만났습니다.

내 또래로 보이던 그 아이는 쌀가마니 안에서 웅크려 자고 있는 듯 보였습니다. 당황스러운 마음에 눈 하나 깜빡이지 않고 그 아이를 바라보았습니다. 그 아이가 괴상한 소리를 내며 나를 놀래키기 전까지는 말입니다.

내가 놀라 자빠져 있자 아이는 내게 손을 내밀어 주었습니다. 그러고는 자신을 쌀도깨비라 말하였습니다. 평소였다면 당연히 믿지 않았을 말이었지만 어째서인지 아이의 말이 사실이라는 확신이 들었습니다. 곧이어 들리는 아이의 웃음소리가 아직도 선명히 기억이 납니다.

뒤이어 쌀도깨비는 나를 보고는 알 수 없는 표정을 지었습니다. 의문을 가지는 듯하더니 갑자기 깨달은 얼굴을 하고는 그 무거운 쌀가마니를 두 개나 어깨에 메고 나의 집 방향으로 뛰어갔습니다. 내가 쌀도깨비보다 늦게 집으로 들어갔을 때, 집에는 열이 내린 누이와 주무시고 계시는 어머니, 그리고 쌀도깨비가 나를 기다리고 있었습니다.

그날 이후로 나는 거의 매일을 쌀도깨비와 함께 보냈습니다. 어째서인지 쌀도깨비는 나의 곁을 떠나지 않았고, 나도 그것이 싫지 않았습니다. 우리는 함께 있으면서 참으로 많은 이야기를 나누었습니다. 대부분 쌀도깨비의 시시콜콜한 농담이었지만 우리의 대한 이야기도 많이 나누었습니다.

쌀도깨비가 해주는 이야기는 그 당시 나로서는 매우 흥미로운 이야기들이었습니다. 쌀도깨비는 나이가 아주아주 많았습니다. 내 또래의 모습을 하고 있는 것은 최근 급격히 쌀을 빼앗아 간 일본의 짓이었습니다. 나는 이 이야기를 듣고 마치 그 아이가 된 것 마냥 화를 냈습니다.

나 또한 쌀도깨비에게 내 이야기를 많이 해주었습니다. 내 이름 석자 '류병옥'을 지어주신 나의 아버지는 3년 전 어느 봄, 일본군 총에 맞아 돌아가셨습니다. 아버지가 돌아가시고 나서는 돈을 벌기 위해 학교를 그만두고 우체부 일을 계속해왔습니다. 쌀도깨비는 나의 상황을 어렴풋이는 알고 있었지만 나의 이야기를 아주 덤덤히, 열심히 들어주었습니다.

쌀도깨비와 만난 지 딱 1년이 되던 해에 그 아이는 날이 갈수록 눈에 띄게 어려지고 있었습니다. 일본이 쌀을 빼앗아 가는 양을 늘려 가면서부터였습니다. 하지만 나는 쌀도깨비를 위해 해줄 수 있는 일이 없었습니다. 내색하진 않았지만 쌀도깨비는 모두 알고 있었을 것입니다.

어느 날부터 쌀도깨비를 만날 수 없었습니다. 늘 만나던 길목에서 그 아이를 기다려 보아도 얼굴 한번 볼 수 없었습니다. 그 아이를 찾고 싶은 마음이 굴뚝같았지만 곡식의 값이 나날이 올라가던 그 당시에 나는 돈을 벌기 위해 더 많이 일해야 했습니다. 나는 그렇게 작별인사도 하지 못한 채 쌀도깨비를 잊어야 했습니다.

쌀도깨비가 사라진 지 몇 년이 지나고 내가 성인이 된 이후에도 일본의 횡포가 이어지자 나는 태극기를 걸고 거리로 나갔습니다. 말발굽 소리와 총소리가 나면 겁이 날 수밖에 없었지만 나는 항상 혼자가 아닌 기분이 들었습니다. 나는 시간이 지남에 그 아이를 잊어버렸지만 그 아이는 나를 잊지 않았나 봅니다.

강민서 작가의 말

<쌀도깨비>를 쓰고 그리며 제가 말하고 싶었던 이야기는 당연히 군산의 역사였지만 재밌게 쓰고 싶다는 욕심 때문에 도무지 갈피가 잡히지 않던 와중 이한쌤(달그락 쌤)이 말해주신 '쌀도깨비'라는 이름을 듣고 "이거다!" 해서 나온 것이 바로 이야기 <쌀도깨비>입니다. <쌀도깨비>는 먼 훗날 나이가 든 주인공이 쌀도깨비와 함께 했던 과거를 회상하는 이야기입니다. 병옥이와 쌀도깨비의 우정을 아름답고 흥미롭게 써내고 싶었지만 글 실력이 미숙해 미리 만들어놨던 설정이 이야기 속에 모두 들어가지는 못했습니다. 또한 그림을 그리면서 <쌀도깨비>를 더 이해하고 몰입할 수 있었던 것 같습니다. 많은 시행착오가 있었지만 글을 쓰고 그림을 그리며 멋진 경험을 한 것 같습니다. 군산의 역사에 대하여 전문가가 되어버린 느낌도 들고요. 마지막으로 그림에 대해 많은 지식과 도움을 아낌없이 나누어 주신 이미영 멘토님, 여러 방면에서 많은 도움과 함께 고민해주신 달그락 쌤들 정말 감사드립니다.

필름 속 추억

정아은

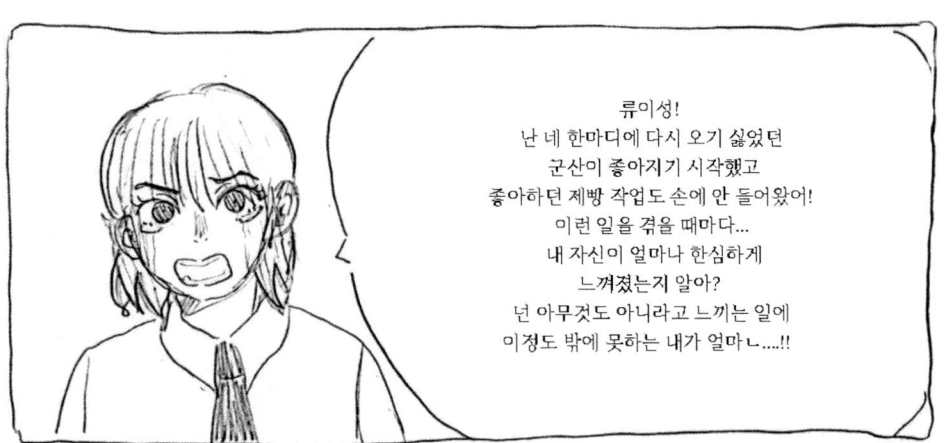

류이성!
난 네 한마디에 다시 오기 싫었던
군산이 좋아지기 시작했고
좋아하던 제빵 작업도 손에 안 들어왔어!
이런 일을 겪을 때마다...
내 자신이 얼마나 한심하게
느껴졌는지 알아?
넌 아무것도 아니라고 느끼는 일에
이정도 밖에 못하는 내가 얼마ㄴ....!!

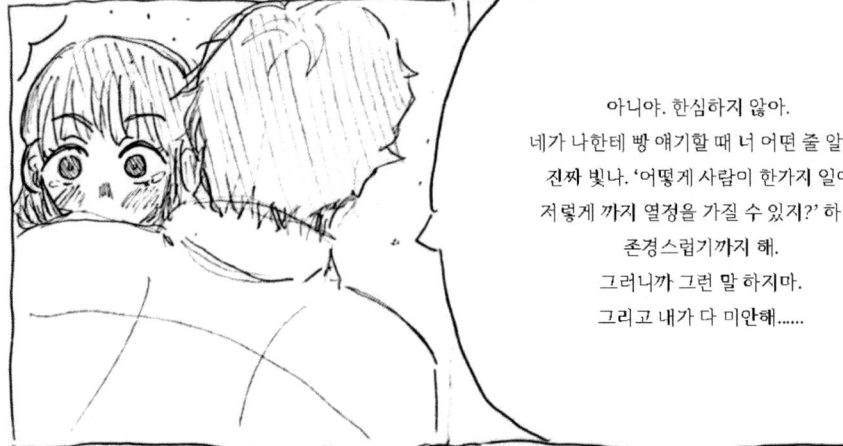

아니야. 한심하지 않아.
네가 나한테 빵 얘기할 때 너 어떤 줄 알아?
진짜 빛나. '어떻게 사람이 한가지 일에
저렇게 까지 열정을 가질 수 있지?' 하며
존경스럽기까지 해.
그러니까 그런 말 하지마.
그리고 내가 다 미안해......

내가... 내가...
얼마ㄴ 놀랐는데......

좋아한단
말이야...

나도야...
나도 좋아해.

정아은 작가의 말

안녕하세요. 두 번째 파트 <필름 속 추억>의 저자 정아은입니다.

제가 이 이야기를 쓰면서 여러분들에게 전해드리고 싶었던 메시지가 한 가지 있습니다.

어떤 장소, 시간, 배경이든 목표를 향해 열심히 나아가고 있는 사람들은 어디에나 있습니다. 하지만 그런 사람들조차 자신이 살아온 모든 시간들이 지워지고 잊히며 '사실 내가 해온 모든 일들은 의미가 없던 것이 아닐까?' 하는 생각을 할 수 있습니다. 하지만 저는 이성이가 효리에게 해주는 말처럼 당신이 해내온 모든 일들은 당신에게도 그리고 또 다른 존재에게도 의미가 없었던 것이 아니며 그 노력의 결실이 사라지는 것이 아니라는 말을 전해드리고 싶었습니다.

기억 속으로 갈 때

이태훈

인성은 청주에 사는 평범한 30대이다.

그는 일주일에 3일 정도는 재택근무를 하고, 이틀을 서울로 출퇴근한다.

무더운 7월 어느 날 집에서 쉬고 있던 인성은 부모님께 오는 전화를 받는다.

"삐! 어 엄마~ 왜 전화했어?"

"어~ 그게 말이다. 우리 밭에 고추 좀 돌봐줄 수 있나 해서 말이다!"

"네? 이 더운 날씨에요?!"

"아유! 고추 좀 볼 때 이 애미도 보면 얼마나 좋냐? 한번 자러 와라! 방은 비어 있은 게."

"어. 엄마. 알겠으니까 연차 내고 쉬러 갈게요~"

"응 그래 알았다~!" "뚝!"

이 더운 날씨에 무슨 고추 농사냐 생각하면서도, 무더운 날씨에 일하시는 어머니의 모습을 상상하니 미안한 마음도 들었다.

(며칠 후)

오늘은 회사에 가는 날이다. 이제 가서 연차를 내고 고향에 내려갈 예정이다.

연차를 내고 집에 가는 길, 문득 기차를 기다리며 그런 생각을 했다.

'내가 부모님을 언제 뵀었던가?'

생각해 보니 몇 번 없는 것 같다. 회사일 핑계로 안 간 적이 수십 번이었으니.

그중 몇 번은 귀찮아서 그런 적도 있다.

'내 성격은 왜 이럴까!' 후회 섞인 독백을 하며 기다리다 보니 곧 열차가 도착했다. 깔끔한 전동차가 기적 소리를 내며 들어왔다.

지금은 KTX가 다니지만 나는 천천히 달리는 열차가 좋아 무궁화호로 예매했다. 기차에 올라 창밖에 이어지는 풍경을 보니 마음은 시원해졌다.

그렇게 3시간 반 넘는 여정을 시작했다.

처음에는 아파트만 줄줄이 보였다.

이건 뭐 철도 주변에 아파트를 지은 건지, 아파트 단지 안에 철도를 지은건지 구분이 안 되었다. 그렇게 중간중간 지나가는 풍경을 바라보니 어느덧 신창역이었다. 신창역 주변은 허허벌판이다. 주변에 대학교가 있다고는 하는데, 어디에 있는지 가늠조차 안 된다.

그렇게 신창을 지나고 얼마나 갔을까. 어느덧 아파트는 사라지고 주변은 산, 논, 밭뿐이었다. 그런 풍경을 보자니 마음이 안정됐다.

더 달리니 어느덧 원죽역에 도착하였다. 그곳에서 3분간 정차한다고 하여 잠시 내려 사진을 찍었다. 사진을 찍고 기차에 올라 1시간쯤 달렸을까. 기차는 서천역에 도착했다. 이제 거의 다 왔다고 생각하니 점점 설레어 갔다.

"우리 열차는 잠시 후 군산역에 도착합니다. 내리실 문은 오른쪽입니다. 놓고 내리시는 물건이 없는지 확인하신 후 하차하여 주시길 바랍니다."

안내방송이 들려오고 인성은 내릴 준비를 하였다. 부모님이 계신 군산에 오니 마치 낯선 도시에 온 관광객이 된 기분이다.

문이 열리고 승강장에 내리니 아파트가 보였다.

"여기도 별다를 게 없네. 강변에 아파트라…. 전망은 좋겠다!"라고 생각하며 걷던 중

"아들! 왔어?!" 역 바깥에서 부모님이 기다리고 계셨다.

"언제 왔어?"

"아이, 언제고 자시고 따지지 말고 일단은 타라. 가서 밥 먹어야지."

"알겠어."라고 답하며 차에 타고 나와서 강변을 달렸다.

붉은 노을이 아름답게 비치니 예쁘고 좋았다.

몇 분을 더 달렸을까. 집에 도착했다.

부모님 집을 거의 10년 만에 오는 것 같았다.

20살 때 취업한다고 나간 후로 처음 오는 것이었다.

하지만 집은 변한 것 없이 그대로였다. 변한 거라곤 TV 한 대가

50인치짜리로 커졌다는 정도?

쓰으읍. 약간 신기한 기분!

부모님이 요리하는 동안 새 TV를 틀어보았다.

큰 화면으로 보니 더 입체적으로 느껴지는 것 같다.

뉴스에서는 한창 우리나라 역사를 설명하는 중이다.

'광복절이 다가오니 역사를 다룬 콘텐츠가 많네.' 인성은 혼자

생각에 잠겼다.

집에서 오랜만에 가족과 저녁을 먹으니 정겨웠다.

그렇게 저녁을 먹고 씻은 후 쉬다가 방에 자러 들어왔다.

독립한 지 10년이 지났지만 인성의 방은 그동안 거의 변한 게 없었다.

그러니 더 정겨울 수밖에.

이제 정리를 하고 누웠다.

'하~ 이제 이틀 동안 여러 가지 일들을 해봐야겠다!'라고 생각하며 잠에 들었다.

비로소 첫 날이 저물어 갔다.

다음 날 아침 일어나 씻고 아침을 먹었다.

정겨운 밥상. 아침을 먹고 부모님께 군산을 여행하고 오겠다고 말씀드리고 집을 나선다.

어렸을 때는 몰랐던 역사와 문화를 탐방하고 싶었기 때문이다.

집을 나온 뒤 알아본 장소로 향했다. 어제 기차 안에서 어디가 좋을지 검색해 봤던 터였다.

다양한 관광지가 나오고 알만한 이름들이 주르륵 나왔다.

그중에서도 끌리는 곳이 성산이라는 곳이었다.

생전 잘 모르고 가본 적도 없는 동네.

하지만 넓은 곳. 나도 모르게 끌렸다.

한적한 시골 마을 풍경이 머릿속에 그려지니 좋았다.

그런 마음을 가지고 인성은 성산으로 향했다.

버스를 타고 가며 알아보니 성산이라는 지역은 옛날엔 임피군이라는 지역이었다가 옥구군에 들어가고, 그 후 군산시와 옥구군에 통합되어 군산시 성산면이 되었다고 나온다. 이곳의 특산품은 울외 장아찌라 하는데 처음 들어보는 음식이다. '오, 맛있으려나? 지나가는 길에 들려 하나 사야겠다.' 생각한다.

"(띵동) 이번 정류장은 성산면 사무소입니다. 다음은 성산 파출소입니다." 안내 방송이 들리고 내릴 준비를 했다. (취이익) 문이 열리고 버스에서 내렸다. 보이는 풍경은 약간 번화가라 그런지 여러 건물이 있었다. 이제 어디로 향할지 몰라 일단 밥을 먹고 생각하기로 했다. 시간이 11시가 넘어가서 근처를 돌아다니며 식당을 찾은 지 5분이 지났을 때 한 식당을 찾았다. 약간 낡긴 했지만 더 정감이 들어 자신도 모르게 발걸음이 향했다.

들어가서 눈에 보이는 것 중 아무거나 골랐다. 백반이 8,000원이다. 이런 데가 있을 줄은 몰랐다. 주문하고 기다리다 나온 음식을 보니 꽤 맛있었다.

'역시 음식은 전라도인가?'

밥을 든든히 먹고 나와 어디를 갈까 하다 주변에 유명한 오성산이라는 곳이 있어 그곳에 가보기로 했다.

그렇게 '한 번 가보자!' 하는 마음으로 산을 오르기 시작했다.

처음에는 아무 생각 없이 오르기 시작했는데 10분, 20분, 오르고 올라도 끝이 안 보이고 숨까지 차기 시작했다. "아아악!! 왜 끝이 안 나는 거야!"

그런 생각을 해도 다리는 계속 오르고 있었다.

그 후로 40분을 더 갔을까. 마침내 정상에 도착했다.

정상에서 느끼는 공기는 여름이지만 시원했다.

눈앞으로 보이는 풍경은 다 담기도 어려울 정도로 장대했다.

그런데 이상한 점이 있었다. 웬 산 정상에 묘가 5개나 있었던 것이다.

'이게 뭐지?' 궁금증을 가지던 찰나, 비석에 적힌 비문을 보게 되었다.

당나라 장군 소정방이 백제를 공격할 때 오성산 아래 병사를 주둔하였는데 누런 안개가 자욱하게 끼어 길을 잃고 헤매었다. 이때 다섯 노인을 만나 그들에게 사비(부여)로 가는 길을 묻자 다섯 노인은 "너희들이 우리나라를 치러왔는데 우리가 어찌 길을 가르쳐줄 것이냐." 하고 항거하였다. 이에 격분한 소정방은 그들의 목을 베었는데 후일 물러갈 때 이들의 충절을 가상하게 여겨 오성산 위에 장사 지냈다고 한다.

글을 다 읽고 난 후 인성의 궁금증이 풀렸다.

'웬 산 정상에 묘가 있나 했더니 이런 역사가 숨어 있었을 줄이야. 이런 곳들이 다른 데도 있겠지? 나중에 한 번 알아보자!'

앞으로 이러한 곳들을 자세히 살펴보아야겠다는 생각이 들었다.

이제 충분히 쉬었겠다. 다시 출발해 볼까!

그렇게 산을 20분 만에 내려오고 나서 산 아래에 있는 기념품 가게에서 먹고 싶었던 울외 장아찌를 샀다.

'맛있으면 좋을 텐데…' 이런저런 생각을 하며 버스를 타고 집으로 오니 오후 5시가 되어 있었다. 아직은 해가 쨍쨍하니 좋다. 더운 건 싫지만.

집으로 돌아와서 짐을 풀고 씻은 뒤 엄마에게 사 온 기념품을 드렸다.

"엄마! 내가 사 온 건데 오늘 저녁 반찬으로 먹을 수 있어?"

"아~ 이거! 엄마 어렸을 때부터 먹어온 거야. 맛도 좋은데 잘 사 왔다! 이거 오늘 저녁 반찬으로 먹자!"

좋은 반응을 얻었다.

저녁이 되어 울외 장아찌가 식탁에 올라왔다. 처음 먹어 보는 거라 어떤 맛일지 궁금했다. 아빠에게 여쭤보니 "이거 맛있어! 얼마나 좋은 건데 그래~ 한 번 먹어봐! 안 죽어." 하시는 거였다. 인성은 속는 셈 치고 한 번 먹어보기로 했다. 맛은 술의 알코올 향기와 짭짜름한 맛이 어우러져 좋은 향기가 나고 있었다.

그야말로 합격이다!

그렇게 새로운 도전을 한 시간이 지나고 방에서 쉬면서 오늘의 기억들이 살며시 떠올리던 인성은 곧 잠이 들었다.

둘째 날이자 마지막 날인 오늘은 '구 군산 세관' 이라는 곳을 가보려고 한다. 어떤 곳인지는 모르지만 다녀오면 기억에 남을 것 같아서. 다녀온 다음에는 부모님께 인사를 드리고 올라가는 것뿐. 오늘은 군산 세관이라는 장소에 집중해 볼 예정이다. 버스를 타고 가는 데는 20분 정도 걸리니 그사이에 역사를 알아보려 휴대폰을 꺼냈다.

설명은 이러했다.

옛 군산 세관은 문화재로 지정된 곳으로 1899년 군산항이 열리면서 외국에서 들어오는 물건에 대해 세금을 거둘 필요성이 생기자 1908년 건립되어 사용했다. 이 건축물의 외관은 붉은 벽돌로 지어져 근대 시기 유럽의 스타일을 본을 떠 만든 일본식 건축으로, 비슷한 건축물로는 옛 서울역사와 한국은행 본점이 있다. 현재 이 건물은 호남관세박물관으로 사용 중이다.

설명을 보니 어떤 곳일지 궁금했다.

"(띵동) 이번 정류장은 근대역사박물관입니다. 다음은 도선장입니다." 안내방송이 들려오고 나는 내릴 준비를 했다. (취이익) 버스 문이 열리고 정류장에서 내렸다. 여기에서 조금만 걸어가니 군산 세관이 모습을 드러냈다. 찾아봤던 대로 붉은 외관이 특징이고 중간중간 유럽양식이 돋보였다. 건물 내부로 들어가 구경하니 내부는 다양한 전시품들과 함께 이곳의 역사와 문화를 알려주고 있었다. 그렇게 돌아다니다 보니 일제강점기 슬픈 역사가 있는 걸 새롭게 알게 되었다. 군산이 일제강점기에 쌀 수탈이 많이 된 곳이라고는 알고 있었는데 이런 공간에 있다 보니 아무 기억이 없는데도 가슴이 먹먹해지는 기분을 느꼈다. 다음에 올 때는 더 알아보고 와야 할 것 같다.

나오는 길에 기념품도 하나 샀다. 작은 열쇠고리인데 군산이 그려져 있다.

짧은 여정이었지만 인성은 오성산과 군산 세관을 방문하며 많은 역사들을 새롭게 알게 되었다. 인성은 버스를 타고 집으로 돌아간다.

방에 있던 짐들을 정리하고 청주로 가기 전까지 남은 시간은 2시간 정도인 상태.

이대로 가면은 배고플 것 같아 집에서 마지막 밥을 먹었다.

부모님께서는 "야아~ 이대로 가니까 내가 다 속상하다~! 다음에 추석 때라도 놀러 와라. 그때는 다 함께 새만금도 가자구나. 알겠지?" 하신다.

인성은 밥을 다 먹고 알겠다고 대답한 후 자리를 나왔다.

역까지는 아빠가 운전해 주시기로 했다. 차 안에서 아빠가 말씀하셨다.

"회사 생활 힘든 거 다~ 안다. 그러니 너무 걱정하지 말구 열심히 살아가! 우리도 응원할 테니까. 안 그래 여보?"

"아이 뭐 나야 애들이 잘 살 거라는 거 알죠. 다들 살아가면서 겪는 일 아니겠어요? 우리도 다 살아온 건데."

그렇게 이야기하다 보니 어느새 군산역에 도착했다.

인성은 올라가기 전 부모님이 주신 선물을 받았다. 알 수 없는 사진과 함께. 이제 역 플랫폼으로 올라왔다. 예매한 기차가 오기까지는 10분 정도 남았으니 조금 앉아있기로 했다.

'그러고 보니 아까 엄마가 무슨 사진을 주셨던 것 같은데 뭘까?'

한창 고민을 하던 와중 기차가 도착했다.

타고 가는 기차는 KTX다. '오늘은 빨리 가야 내일 회사에 출근하지.' 하는 마음으로 예매한 것이다.

청주까지는 2시간 반 정도 걸리니까 좀 자둬야겠다.

(쿠우울~ 쿠우울~) (띵디딩)

"우리 열차는 잠시 후 청주역에 도착합니다. 내리실 문은 오른쪽입니다. 놓고 가시는 물건이 없는지 다시 한번 확인 부탁드립니다."

안내 방송이 들릴 때 잠에서 깼다.

'어우. 벌써 도착했나?' 그런 생각을 하며 짐을 챙겨 역에 내렸다.

그렇게 역에서 버스를 타고 집에 왔다.

"으아~ 피곤해. 시간도 벌써 7시네." 인성은 일찍 씻고 잠자리에 누웠다. 저녁은 배불러서 패스해야겠다.

그렇게 누워 있다가 엄마가 주신 사진을 꺼내봤다.

나무 아래 두 명이 서 있었다. '이건 엄마의 어린 시절 같은데….

옆에 이 사람은 누구지?' 그런 생각을 하며 엄마에게 문자를

보냈다.

"(타닥타닥) 엄마 아까 준 사진에서 엄마 옆에 이 사람은

누구야? 아는 사람이야?"

인성은 답장을 보지 못하고 잠에 들었다. 그 시각 들려오는

알림음. (띵동~)

"아~ 이 사람! 알지. 엄마가 군산에 처음 왔을 때 만난 아인데

엄마랑 동갑이었고, 좋아했던 사람이야~ 지금은 내 남편이자

너희 아버지 아니냐?"

(The End)

이태훈 작가의 말

처음에 이 작품을 만들려 할 때는 우여곡절도 많았습니다.

마음이 우울하고 생각이 안 나기도 하고, 미루기도 하며 시간을

보냈죠. 그렇지만 옆에서 저에게 힘을 많이 주신 분들이 있어서 지금

이 작품을 써낼 수 있었습니다.

이 자리를 빌려 제 친구들인 아은이와 민서에게, 또 김현아 선생님과

다른 선생님들, 그리고 이미영 멘토님께 감사를 드립니다. 긴 글

읽어주셔서 감사드리고 좋은 날들이 있기를 바랍니다. Thank you.

Leaders.

이 책은 '달그락프로젝트: 작지만확실한변화'의 일환 활동으로 출간되었습니다.
달그락프로젝트는 군산을 중심으로 진행되는 사회참여적 관점의 봉사활동과
청소년 자치의 개념이 결합된 활동입니다. 청소년이 마을 안에서 배우고,
긍정적인 변화를 위한 움직임을 만듭니다.

'달그락마을학교'에서는 지역사회 전문가들이 마을멘토로 참여하여
청소년들이 그들의 전문 분야와 삶의 가치를 배웁니다. 배운 내용을 토대로
사회문제를 발굴하고 해결방안을 모색해 보며 활동을 만들어가는 단계가
'우리동네변화한발짝'입니다. 이러한 활동 과정을 모아 마지막 회기인
'변화를위한발표회'에서는 내용을 공유하고 새로운 변화를 만들기 위한
제안이 이루어집니다.

청소년자치공간 달그락달그락은

청소년이 시민으로 자신의 삶과 지역사회에 참여하고 자치할 수 있도록 지원하는
공간이자 플랫폼입니다. 청소년과 청소년 조직(청소년자치기구)를 중심으로
기자(언론), 출판, 베이킹, 향토사, 미디어, 자원봉사, 경제, 수공예, 뷰티, 일러스트
및 애니메이션 활동을 진행하고 있습니다.

- 위   치: 군산시 월명로 475-1 3층 청소년자치연구소
- 문의번호: 063-465-8871

초판발행 2024년 11월 15일

책임편집 리빙룸루틴

지 은 이 강민서, 정아은, 이태훈

도 운 이 이미영, 김현아

발 행 인 정건희

펴 낸 곳 청소년자치연구소(사.들꽃청소년세상)

　　　　　www.youthauto.net

　　　　　@dalgrak_youthplatform

　　　　　facebook. 청소년자치연구소

　　　　　Youtube. 청소년자치공간 달그락달그락

　　　　　jbyar@daum.net

ISBN 9791198885876

정가 9,000원

본 책은 저작자의 지적 재산으로 무단 전재와 복재를 금합니다.